ÉPISODES DE LA GUERRE D'ITALIE, 10 CHANTS, EN 10 LIVR.

NAPOLA

ROMAN EN VERS

PAR

FILIP-BONAU

PREMIÈRE LIVRAISON

SOMMAIRE

PARIS

CHEZ ABRIA, BUREAUX DE PUBLICATIONS
DU ROMAN NAPOLA

154, rue du Faubourg-Saint-Martin, 154

Dans les derniers mois de l'abonnement, tout Abonné recevra GRATIS DIX MAGNIFIQUES GRAVURES. Chacun des dix Chants du Roman fournira le sujet d'une de ces Gravures.

Le récit sera parfois entrecoupé d'Odes, de Cantates, de Chansons ou de Romances dont la musique sera envoyée GRATIS à chaque Abonné.

Pour les abonnements, s'adresser FRANCO, *à* **ABRIA, 154, rue du Faubourg-Saint-Martin, à Paris.**

IMP. BÉNARD ET Ce, PLACE DU CAIRE, 2.

ODE

A SA MAJESTÉ L'IMPÉRATRICE

I.

Dans Ithaque, fille des Ondes,
Pénélope versait des pleurs ;
Comme un voile ses tresses blondes
S'égarant sur son sein en fleurs
S'y mariaient avec les larmes ;
Près de sa reine et d'un berceau
Ulysse rêvait sous ses armes......
Il partit....... et pleura quand il vit son vaisseau.

II.

La voile frémit sous la brise
Et le soldat chante en ramant ;
Mais, sur la grève à robe grise
Que lèche le flot écumant,

Ulysse au loin vit dans la brume
La reine parlant au flot bleu.
Le mât disparut dans l'écume...
Ulysse roi partit... et devint demi-dieu.

III.

Ainsi Paris, reine du monde,
A vu partir son empereur;
Les canons bruns dont la voix gronde
Lui disaient : «Adieu ! sois vainqueur ! »
Mais lui tempérait d'un sourire
Les feux dont son œil s'inondait.
L'on entendit un vieillard dire :
« C'est ainsi qu'à Lodi l'autre nous regardait. »

IV.

Mais Pénélope, mère et femme,
En ces instants ne pleurait pas;
Française, on vit déjà son âme
Sans pâleur devant le trépas;
Plus grande qu'une reine antique,
Au lieu d'arrêter son époux
Au seuil du nuptial portique:
« Vaincre est divin!!! disait la reine; aimer est doux... »

V.

Dans le palais un berceau vide
Pleurait loin de son habitant;

Mais lui, tel que la chrysalide,
Avait pris son vol éclatant;
Ses pieds légers comme des ailes
Suivaient son père qui partait;
Il naît des fleurs douces et belles
Sous les pas des héros, et l'enfant les cueillait.

VI.

Au sein de l'horizon sans bornes
Quand le héros eut disparu,
Dans la nue aux silences mornes
L'ange de la France accouru
Troubla les airs d'un chant de gloire,
Puis il plana sur nos guerriers;
Aux jardins fleuris de l'histoire
Ce jour pour l'avenir planta d'autres lauriers.

VII.

. . . .

. . . .

Revêtu des armes d'Achille
Ulysse était fort comme lui.
Sur sa base Ilion vacille:
Son aurore suprême a lui.
Grand par la sagesse et le glaive
Ulysse repart immortel
Et, de loin, il voit sur la grève
Pénélope et son fils qui dressaient un autel.

VIII.

Soudain l'enfant court au rivage;
On voit des mâts sous le ciel bleu.....
L'histoire des rois d'un autre âge,
Alphabet aux lettres de feu,
Des mains du fils distrait d'Ulysse
Tomba vers le flot murmurant;
Le flot dit : — « Laisse au précipice
L'histoire des vieux rois, car ton père est plus grand ! »

IX.

Mais l'enfant en larmes se penche
Vers son alphabet qui s'enfuit.....
— « C'est la faute à la voile blanche ! — »
Dit-il quand sa mère le vit....
Elle, regardant... — « Ma bannière
« Là-bas, dit-elle; il se souvient :
« Moi-même je brodai ce drapeau pour ton père !
« Enfant ne pleure pas : un demi-dieu revient !!! — »

FIN

FILIP-BONAU,

RUE DU FAUBOURG SAINT-MARTIN, 154.

PARIS, 20 mai 1859.

NAPOLA

A M. M.

La Muse a pu naître en mon cœur en fête
Au cri des libertés que semaient nos drapeaux :
Nos soldats de vingt ans se battent en héros :
A vingt ans je puis bien les chanter en poëte !
F.-B.

INTRODUCTION

LE FUGITIF

I

Les marbres éclatants prenaient des teintes sombres ;
Sur Gêne aux cent palais le soir jetait ses ombres,
Et les coupoles d'or, veuves de leurs rayons,
Endormant dans la nuit leurs gigantesques fronts,
Voilaient le ciel romain comme un long rideau d'arbres.
Mais... des cris font soudain vibrer l'écho des marbres....
La cité s'illumine et son peuple est debout....
On dirait un réveil et la vie est partout !
Des hommes frémissants encombrent les portiques ;
Rhéteurs bronzés, pareils à des Brutus antiques,
Les cris de : *Liberté!* parsèment leurs discours.
« Attila du Tessin vient de franchir le cours !...

« Malheur à lui !... Debout ! fils des aigles romaines.
« Liberté ! » s'écriaient ces mille Démosthènes.
Chaque orateur parlait comme il avait souffert !...
Or, depuis quarante ans, les pieds chargés de fer,
Tous ces hommes comptaient, d'après leurs meurtrissures,
Ce que cueillait l'Autriche en moissons de tortures...
La révolte était sainte, et ces fronts opprimés
Baignaient dans un air libre et se levaient armés !... —

Dans une place immense, où la parole roule,
Soudain un cri terrible a plané sur la foule :
« Vengez-nous !... vengez-nous ! ! ! » Un homme ensanglanté
Vient d'entrer fugitif dans la noble cité...
Il s'avance en criant : « Vengez-nous !... » Son front pâle
Apparaît dans le fond, aussi blanc que la dalle
Où le malheureux va traînant ses pieds sanglants...
La foule ouvre un chemin à ses pas chancelants
Et frémit, car ce pas laisse une rouge trace.

Un monument de marbre est au sein de la place :
D'un dieu des temps passés c'est le blanc piédestal ;
Il porte dans ses mains le tonnerre fatal...
... L'étranger lentement gravit cette tribune,
Et le marbre du dieu soutient son infortune.
On eût dit, à les voir l'un sur l'autre appuyés,
L'homme et le Jupiter au même bloc taillés !
... Seulement une larme était aux yeux de l'homme,
Et le courroux muet aux yeux du dieu de Rome...

II.

L'infortune et la foudre ont une majesté
Dont l'infini fait croire à la Divinité.

Et le peuple à genoux pleurait une prière ;
Puis, beau comme un lion secouant sa crinière,
Le peuple se leva, criant à l'étranger :
« Ta douleur semble immense, on saura la venger ! ! !
« Parle !... » Le fugitif dressa sa noble tête :
« Le jour de la vengeance est un beau jour de fête,
« Dit-il, si vos cités ont souffert comme moi.
« Fils de Gênes la belle, enfants d'un peuple roi,
« Je suis Italien, habitant de Novarre.
« Je payais mon tribut au Croate barbare,
« Du produit de mes champs qu'arrosaient mes sueurs ;
« A ce prix je pouvais en paix verser des pleurs
« Sur la liberté morte et nos gloires passées !...
« Comme un rayon glissant sur mes sombres pensées,
« L'amour de mes deux fils éclairait mon foyer ;
« Quand les cloches du soir invitaient à prier,
« Pour monter vers le Dieu qui pardonne et qui venge...
« Mes prières avaient l'aile blanche d'un ange !
« Un ange à mon foyer dorait mon avenir,
« Cachait sous sa gaieté le deuil du souvenir...
« Cet ange bien-aimé n'est plus !... c'était ma fille !... —
« Un soir l'on vint me dire : — Un fer croate brille
« Là-bas à l'horizon.... Prends garde à ton enfant...
« Des esclaves soldats tuent tout en triomphant ! »
« Mais moi je n'y crus pas. J'avais payé ma dîme :
« Droit de vivre et pleurer pour celui qu'on opprime ; —
« Et puis nous nous disions, faibles et pleins de foi :
« Novare est protégé par l'ombre d'un grand roi,
« De ses soldats, géants endormis dans nos plaines !...
« Des clous de leurs cercueils nous forger d'autres chaînes ?...

« On ne l'osera pas !... Sous son suaire épais,
« Si le vainqueur est homme, un vaincu dort en paix!
« Pour briser des tombeaux, s'ils ravageaient nos terres,
« Nos tyrans briseraient leurs fronts aux ossuaires!
« S'il opprime parfois, l'aigle vole au soleil.
« Mais... debout sur des morts, rire de leur sommeil,
« Fouiller le champ funèbre en y semant l'injure,
« C'est le fait des vautours ! Et ce fut... je le jure !...
« Oui ! Novare une nuit se réveilla tremblant,
« Et l'écho des tombeaux dit le cri des uhlans...
« Nuit longue... nuit terrible où le froid d'une lame
« Nous réveillait pour voir notre patrie en flamme !....
« Au tronc d'un chêne ami de mes libres aïeux
« Les brigands m'ont lié ! Des pleurs de sang aux yeux,
« J'ai vu de là mes fils mutilés par les lâches !...
« Mais le sang qui jaillit a fait de rouges taches
« Où le père verra les meutriers des fils ! ! ! »
L'étranger suffoqué pleurait......... — Un crucifix,
Gardien doré debout sur l'église voisine,
Luisait, comme entouré d'auréole divine,
Sous un rayon tombé de l'astre de la nuit...
L'étranger voit la croix... Son bras levé la suit...
Une brune Génoise aux yeux remplis de flammes,
Ange par sa beauté, Romaine par son âme,
Marcha vers les degrés où priait le proscrit,
Et lui dit : « Mais... ta fille?... » — Et lui.... montrant le Christ :
« Le Christ a moins souffert !... » dit-il bas à la foule.
Comme un orage sourd ce mot sinistre roule....
Chaque poitrine bat.... tout jeune amant rugit...
Et, l'éclair dans les yeux, toute fille rougit...

Ce cri sortit soudain d'une bouche de père :
« Proscrit ! nous vengerons ta fille !! Guerre, guerre,
« Guerre au Croate infâme et bourreau de l'honneur ! »
Répéta Gêne entière.... et sa longue clameur
Comme un torrent de lave embrasait les poitrines...
L'écho la répétait dans les plaines voisines,
Quand une voix de femme entonna ce refrain
Par qui Quatre-vingt-treize eut des soldats d'airain...
Le chant français planait sur les palais de Gênes...
Tout peuple chante ainsi lorsqu'il brise ses chaînes
Ou cloue à ses canons la gloire des Romains.
Gênes, comme un seul homme, acheva nos refrains.......

III

L'hymne ne grondait plus.......................
.... Une enfant brune et blanche
Gravit le piédestal où l'étranger se penche.
Beaux comme deux rayons perdus par le soleil,
Les yeux noirs de la vierge ont un éclair vermeil.
Des perles inondaient son sein de pratricienne
Où grondait le courroux d'une déesse ancienne.
Ses bras blancs, étendus sur le front du vieillard,
Vénus par la beauté, Muse par le hasard,
Elle embrasa les airs de ce chant de colère :

« Génois ! ! ! il faut du sang pour des larmes de père ! ! !...
Guerre mortelle à ces vautours
Sous qui César blessé se plie.
Sur le faîte des sombres tours,

Vieux chevaliers de l'Italie,
Aux rayons d'un soleil romain,
Faites luire vos blancs panaches !
Le fer des Croisés à la main,
Dites-leur que le Christ est l'ennemi des lâches ! ! !
Qu'il forge aux tyrans d'hier des chaînes pour demain.
Génois ! enfants des rois de l'onde,
Pour aïeul vous eûtes Colomb ! ! !
— L'indépendance... c'est un monde...
Monde riche, vert et profond
Comme les forêts d'Amérique ;
Voguez vers ce bel univers
Où dort, dit-on, la Rome antique...
Forgez-y des poignards ornés de lauriers verts ! ! !
Près de notre couche sanglante
J'ai vu Jeanne d'Arc qui rêvait.
Debout, ô Liberté souffrante !
La France accourt à ton chevet...
Ses aigles, dans nos cieux en flammes,
Passent vêtus de trois rayons.....
Nos fers sont moins forts que nos âmes ! ! !
Français ! ! ! broyez nos fers pour charger nos canons ! ! !
Vous, dont la beauté brune et mâle
Fait à Gênes un collier d'or,
Dans votre couche virginale,
Vierges, cachez comme un trésor,
Cachez le poignard de Lucrèce !...
Car, en mourant pour son honneur,
Toute femme que l'on oppresse
Doit, par son agonie, abattre l'oppresseur ! ! ! »

IV.

Gênes battit des mains quand l'hymne fut finie,
Et le peuple entoura la fille d'Ausonie,
Lorsqu'elle descendit du piédestal sacré.....
Puis un vieillard, debout sur le premier degré,
Dit au proscrit rêveur : « Je t'offre une famille !
« Mes fils seront les tiens, et ma fille..... ta fille ! . . .
« Chez moi nous rêverons, en nous serrant la main,
« Aux souffrances d'hier, aux combats de demain ! . . . »
L'étranger répondit : « Merci ! — je suis ton hôte.
« — Vieillard, ton œil tremblant reflète une âme haute. . . .
« Miroir de Dieu, tu sais notre gloire à venir ?
« — Instruit par le passé, chante-nous l'avenir... »
Sublime adieu du soir — tel qu'un Moïse antique —
Le Génois fit tonner cet hymne prophétique :

« Vierge qui fais vibrer au ciel ta lyre d'or,
Muse qui dans Solyme inspiras le Lévite,
Aux champs de l'avenir élève mon essor ! ! ! . . .
Terre... tombe à genoux ! . . . Que ton peuple t'imite ! ...
Nos libertés vivront... Dieu les protége encor.
L'archange étincelant, chef des saintes armées,
Est venu du ciel bleu. . .
Debout sur le sommet des Alpes enflammées,
Il fait briller l'éclair de son glaive de feu...
Trois aigles, à sa voix, montent vers l'Empyrée,
Et pour champ de bataille ils ont le firmament. . . .
Leur lutte dans nos cieux tend un voile sanglant...
Mais... l'on voit ici-bas la Liberté sacrée

Lançant vers Dieu sa prière éplorée....
Peuple... entends-tu ce double cri...
Note d'agonie et de joie?...
Chantez!!! la Liberté palpitante a souri...
Dans un air libre et pur son aile se déploie!...
Deux géantes à l'aile d'or
Rejoignent dans les airs la Liberté qui plane....
Un drapeau tricolore est leur manteau diaphane...
Elles montent aux cieux dans un commun essor.
Devant leur sainte caravane
Les cieux d'airain se sont ouverts....
..... Silence!... Un chant divin ébranle l'univers.....
..... Le temple de David n'est pas réduit en poudre!!!
Je vois sur ses parvis le dieu qui tient la foudre...
Son trône est ombragé par les mille étendards
Qu'agite autour de lui le peuple des archanges...
Des Bonapartes, des Césars,
Ombres de tailles étranges,
Sous les portiques saints promènent leurs lauriers...
L'hymne divin roulait ses notes orageuses...
Jéhovah l'interrompt..... Trois vierges voyageuses
Sur les sacrés parvis courbaient leurs fronts guerriers...
Et Dieu marchant vers elles
Leur dit : « Salut, sœurs immortelles!
Viens t'asseoir à ma droite, ô fière Liberté!
Et vous, France! Italie! aux marches de mon trône
Asseyez-vous, le front baignant dans ma clarté,
Les yeux tournés vers ma couronne,
Où des peuples, vos fils, le nom libre rayonne!!! »

CHANT PREMIER

L'HOSPITALITÉ

I

Il se tut..... et le cœur de la foule battit ;
Dans l'ombre et le silence émue elle partit,
Et le proscrit, penché sur le bras du prophète,
Marcha vers sa demeure : ils en voyaient le faîte
Blanc sous les pâles feux de l'astre de minuit,
Quand le Génois parla : — « Le malheur t'a conduit,
« Fit-il à l'étranger, loin du champ de tes pères ?... »
— « Novare, aussi fertile en moissons qu'en misères,
« Répondit le proscrit, sert d'auberge aux tyrans...
« On n'a plus de cité quand on n'a plus d'enfants
« Et qu'un fouet étranger est roi dans nos demeures ;
« Aux ombres du chemin comptant les longues heures
« Alors je suis venu vers Gêne aux palais d'or ;
« Jadis mon frère y vint, peut-être il vit encor ;

« Il s'enrichit, dit-on ; le pain de ma vieillesse
« Il me le donnera, car j'aimais sa jeunesse. — »
— « Ton frère a nom?... — » — « Sforze!...— » — « Quoi!
Sforze... — » — « Ainsi que moi!...
« Jadis, né laboureur, un Sforza se fit roi ;
« C'est mon aïeul. Depuis, la race s'est accrue,
« Les uns tenant le sceptre et d'autres la charrue.
« J'aimai mieux labourer que vivre en fils de roi :
« Mes fils étaient savants et pensaient comme moi. — »
Le Génois dit : — « Ton frère était honnête et riche,
« Mais il est.... où l'on dit qu'est l'honneur de l'Autriche.....
« Dans la tombe!... — » Sforza, leva ses bras tremblants :
— « J'eusse dû m'en douter, car mes cheveux sont blancs
« Et la mort me précède!... — » Il dit et sa voix tremble.
— « Ami, fit le Génois, le malheur nous rassemble :
« En toi le père souffre, en moi la Liberté;
« Or, des pleurs des mortels naît leur fraternité;
« Ton frère par le sang dort sous un sol esclave,
« Mais nos fronts révoltés, las d'un joug que je brave,
« Nous font frères de cœur. Mon pain sera le tien! — »
— « Sforza dit : — « Ton cœur, frère, est vaillant et chrétien!
« Sois béni, car en toi Dieu s'est fait patriarche! — »

II.

Les deux vieillards amis devisant dans leur marche
Heurtent bientôt le seuil du toit hospitalier.
Assis d'un air gothique, ainsi qu'un chevalier,
Le marbre au front portait cette enseigne dorée :
Palais Mariani. — La grand' porte d'entrée

Jette son cri sonore en roulant sur ses gonds.
Ils avancent..... Gravés dans l'azur des plafonds
Au feu des lampes d'or des guerriers étincellent.
Alors Mariani : — « Ces fresques nous rappellent
« Mes ancètres, dit-il ; le premier Marius
« Est là, triomphateur près des Cimbres vaincus.
« Un jour puissent ainsi nos traits, ombres d'ancêtre,
« Près d'un Croate esclave à nos fils apparaître ! — »
Il dit... et d'une salle où veillait la famille
La voix de son enfant, brune et vaillante fille,
Frais écho, répondit au Génois : — « Nul danger
« N'est plus grand que nos cœurs... Salut à l'étranger !
« Pour ombrager son front je lui promets des palmes ! — »
L'un des frères levant ses grands yeux noirs et calmes :
— « Promets, promets pour moi, dit-il, ma Speranza ! — »
Le vieux Mariani : — « Tu vois, fit-il, Sforza,
« Que mes fils sont bien nés si leurs aïeux sont braves ;
« Certe ils mourront plutôt que de vivre en esclaves !...
« Mes trois enfants sont beaux autant que valeureux.
« Bénis ma Speranza ! Leo, l'aîné d'entre eux,
« T'a promis des lauriers : il peut porter un glaive
« Et tiendra son serment. C'est mon Luizi qui rêve
« De bataille ou d'amour là bas, le front penché.... — »
— N'est-ce pas quelque lis à l'Éden arraché
Cette ombre, dit Sforza, vers qui Luizi se penche ?
— « Cette enfant qui dormait sous sa mantille blanche
« Quand nos pas en entrant ont brisé son sommeil,
« C'est nne fille adoptive : elle rit au réveil
« Comme une blonde fleur rit à l'aube naissante.
« Viens Maria !... — » L'enfant, mutine et caressante,

Aux lèvres du vieillard tendit ses cheveux blonds
Et le vieillard reprit : — « L'émeute et les canons,
« Voici quinze ans, hurlaient par la nuit dans la ville ;
« Je trouvai, le matin, au seuil de cet asile,
« Près d'une Bible sainte, un enfant qui dormait ;
« Quand l'enfant s'éveilla, ma fille la berçait,
« J'ai vu depuis le temps ternir la Bible sainte;
« Mais l'enfant embellit à chaque heure qui tinte.....
« Frère, Luizi rougit : c'est qu'il l'aime, je crois.... — »
Elle..... son front brûlait, mais son cœur avait froid.

III

Et puis chacun s'assit au souper de famille.
Une sobre abondance au feu des cristaux brille
Et le repas s'achève en causant d'avenir.
Après, les bras levés pour prier et bénir,
Le maître dit à l'hôte : « Adieu jusqu'à l'aurore ! »
Guidé par un valet sous la voûte sonore
Au lit hospitalier Sforze alla reposer.

IV

Jeune époux dont la nuit ne fut qu'un long baiser,
Le soleil pâle et blond sortait du lit des ondes
Quand ces cris enfantés sur les grèves profondes
Frappèrent les palais des Génois endormis :
— « Gloire à Napoléon ! — Gloire aux vengeurs amis ! — »
Un peuple matinal s'élançait vers la rive,
Jetant l'impatience à la voile tardive

Dont le pli tricolore emplissait l'horizon
De ces mots enflammés ; : Voici Napoléon ! ! —
Quelques heures encor et les vieillards de Gênes
En ce siècle auront vu deux ombres surhumaines
Voiler le ciel de l'aigle à l'œil fauve et menteur,
Briser sous leur talon l'aile de l'oppresseur.
Aux horloges d'airain la dixième heure brille
Lorsque Sforza descend au foyer de famille.
Comme un clairon d'éveil les hymnes de l'espoir
Au bord de son chevet étaient venus s'asseoir,
Et lui, se réveillant, voulait causer de gloire ;
Quand il vint, Maria sous une blanche moire,
Robe aux plis éclatants, s'éloignait du palais ;
Et les Mariani, leur peuple de valets,
Saluaient Maria, groupés sous le portique.
La blonde enfant allait, selon l'usage antique,
De la vierge de Mai garder l'autel fleuri.
La gardienne du jour, jeune et chaste houri,
Sur les pas de l'enfant prêtresse de la veille
Dont la voix pour prier dès l'aube la réveille,
Marche, son tour venu, vers le poste sacré ;
Le soir la trouve encor priant au saint degré.
De la prêtresse d'hier Maria suit la trace.......
Sur le ciel au fond bleu, dessinée avec grâce,
La coupole voisine apparaissait déjà
Quand des marbres prochains sans bruit se dégagea
Un homme au manteau noir, à l'œil encor plus sombre ;
Sur les pas des enfants se glissant comme une ombre
Après elles au temple il rentre inaperçu ;
Le marbre d'un tombeau dans sa nuit l'a recu ;

Pendant que Maria priait dans la chapelle
Le profane tout bas répétait : Elle est belle.....
Et dans son œil croate un feu sauvage errait.

V.

Cependant sur la grève où le flot murmurait
Comme un aigle captif regrettant les tempêtes,
Ainsi qu'un champ de blés Gêne agitait ses têtes.
Mêlés aux flots du peuple on voyait là Sforza,
Les trois Mariani, la brune Speranza.
Tout se donnait la main, nobles ou lazzarones ;
Doigts blancs ou plébéiens, tous tressaient des couronnes.
Des vaisseaux approchaient, parés des trois couleurs.
Sous les barques sans nombre au pont couvert de fleurs
Le golfe rayonnait, plaine rouge et fleurie :
Tout l'espace était homme et l'onde une prairie.
Mais notre flotte avance au chant de nos soldats,
L'airain tonne et la foule agite ses cent bras.
Napoléon, brillant du haut de son navire,
Présage la victoire au peuple qui l'admire.
Les gondoles en fleurs couvraient le bleu chemin.
La flotte les écarte........ on eût dit une main
De géant promeneur dans la forêt immense ;
Le long bras des halliers sur sa route s'avance,
Mais le géant robuste étend ses bras plus longs ;
A ce maître soumis, chênes ou buissons,
Humbles devant son front comme d'humbles pervenches,
Saluent leur visiteur en écartant leurs branches.
Forêt mouvante ayant les cieux bleus pour arceaux,

Les gondoles ainsi saluaient nos vaisseaux.

La flotte atteint la rive et l'empereur s'incline
Vers ce sol des Césars que la gloire illumine ;
Ses soldats après lui foulent ces bords sacrés.

Des grenadiers géants voici les rangs serrés,
Et la garde avec eux s'avance éblouissante.
Ici, c'est le zouave à la démarche ardente,
Chantant son gai couplet, car demain il se bat ;
Batailles ou festins, quel que soit le combat,
A son turban sauvage on lit toujours : Victoire ;
Puis des chasseurs trapus voyez l'aigrette noire !
Lions, tigres, serpents, mais de cœur tous Français,
Ils fauchent une vie à tous leurs coups d'essais.
Le noir turco s'avance : effroi de la bataille,
Quelque dieu de l'Atlas le mène à la mitraille,
Car il prend les canons au feu de leurs éclairs.
Une foule guerrière aux costumes divers
Vient après en causant de la gloire future,
Et les rayons de Mai brûlant sur chaque armure
Ressemblaient aux reflets d'un soleil à venir.

VI.

Le palais Doria, paré de souvenir
Et de fleurs pour fêter Napoléon, son hôte,
Ouvrait en tressaillant sa porte brune et haute......
Quand les Mariani, leur vieil hôte Sforza,
Parmi les flots vivants de la Via Nuova
S'ouvrirent un chemin jusqu'au seuil domestique.

Dans la salle d'honneur à boiserie antique,
Au palais Marius un Français attendait :

Sur son costume brun l'épaulette brillait.
Mariani paraît; le soldat le salue,
Une lettre en sa main ; quand le vieillard l'a lue,
Sur son sein plein de joie attirant le soldat :
— « Mon palais est le tien, Gaston de Montferrat !...
« Cher fils, dit-il, grand, beau comme l'était son père......
« Ton père...... au temps d'Arcole ensemble on fit la guerre ;
« Sous le même manteau tous deux l'on s'endormait ;
« Frères d'armes, vaillants, le grand chef nous aimait
« Et nous l'aimions autant que vous aimez le vôtre ! — »
— « Mon chef, dit Gaston, fait les peuples libres........ l'autre
« Immortel promeneur, les faisait ses sujets ! — »
— « En me battant pour lui, c'est moi que je vengeais,
« Reprit Mariani; car il chassa nos maîtres.
« Jeunes gens ! notre chef, croyez-en les ancêtres,
« Ah! c'était un géant ! !... — » — « Le nôtre le sera ! ! — »
Dit le Français. — « Eh bien! le nôtre applaudira !
« Ajoute le vieillard, car il aimait les braves ! — »
— « Mieux vaut en délivrer que faire des esclaves ! — »
Reprend Gaston. — « Servir un maître glorieux
« C'est une liberté ! la gloire vient des cieux..........
« ... Enfants, dit le vieillard, tout être est un atome
« S'il se compare à Dieu ; toutefois, si d'un homme
« Le cœur fait un héros, dressons lui des autels !.....
« . . . .
« Mais songeons à dîner avant d'être immortels ..... — »
Ajoute le vieillard avec un franc sourire.
« Valets, des vins glacés !.... Quoique vieux, j'aime à rire
« Quand l'avenir sourit.... — Servez-nous quelque vin,
« Centenaire trésor ; puis un riche festin !...

« Pour l'hôte qui nous venge on doit être prodigues. — »
Bruyant comme le flot qui renverse ses digues
Un peuple de valets, émules des éclairs,
Se répand tout joyeux pour chaque ordre divers,
Et l'aiguille au cadran n'avait pas marqué l'heure
Que le festin servi parfumait la demeure.
La causerie intime avait chassé le temps.
Gaston distrait, ému, se taisait par instants,
Regardant Speranza.... L'œil de la vierge brille
Et parfois le soldat rougit comme une fille.
Au festin préparé la famille s'assied.
Soudain Mariani levant un œil inquiet :
— « Mais il manque au repas, dit-il, plus d'un convive ?
« Maria prie au temple !!.... et Luizi ?..... — »
. . . . — « Sur la rive
« La foule ou le plaisir sans doute le retient,
« Dit Leo, mais bientôt il viendra : le soir vient. — »
Or, Luizi ne vient pas.... et le festin s'achève.

VII

Sur les pas des Français s'éloignant de la grève
Les uns avaient rempli la cité de leurs chants,
D'autres les saints parvis, de prière et d'encens ;
Un jeune homme avec eux a couru vers un temple :
Un autel est désert.... inquiet, il le contemple :
C'est l'autel de la vierge.... — Entre l'autel paré
Et la grille fermée est un coussin doré,
Veuf des chastes genoux de quelque enfant gardienne....
— « Oublier ses devoirs, une patricienne ?...

« Se disait le jeune homme; oh ! non... je n'y crois pas !...
« Si quelque amant ?... — » Il tremble... et d'un robuste bras
Semant parmi la foule un désordre profane,
Il se fraye un chemin ; en vain l'encens qui plane
Ou la plainte du chant lui dit : « Respecte Dieu !... »
L'insensé n'entend rien ; il bondit, l'œil en feu,
Il court.... L'air de la rue enfin baigne sa tête,
Mais il s'élance en vain ; ainsi qu'une tempête
Mille cris, mille bras arrêtent son essor ;
Il recule, il avance, et puis recule encore ;
Bientôt dans ses replis une horde irritée,
Prompte comme la nef par la voile emportée,
L'entraîne en des chemins que son pas voudrait fuir.

VIII.

L'orage populaire a cessé de mugir ;
Le jeune homme égaré, haletant et l'œil morne,
Est jeté solitaire au marbre d'une borne
Où son front brûle encor dans les ombres du soir....
  C'était dans un faubourg au chemin rude et noir,
Ses hôtes promeneurs dans le centre de Gênes
Oubliaient en chantant leurs demeures lointaines.
A droite, on entendait les cris de la cité.
Comme un soldat qui veille, assis l'autre côté,
Tout près, les monts Génois dressaient leur tête grise.
  Au front de l'égaré la nuit jetait la brise
Quand un rapide char accourt dans son chemin :
Il regarde, le char passe.... Un cri surhumain :
— « Maria ! Maria ! ! — » part de la borne sombre.

Le jeune homme est debout..... Le char a fui dans l'ombre.

Et l'homme, jeune et fort quand il avait l'espoir,
Maintenant, faible enfant, va dans le sentier noir
Pleurant et chancelant jusqu'au seuil de son père.
Il en franchit le marbre en séchant sa paupière....
Or, le fronton portait : *Palais Mariani.*
L'homme rentre ivre et pâle. Un cri part : « C'est Luizi ! ! »
Lui, tombant à genoux : — « Mon père, ton épée ?
« Dit-il. Je vais partir ! L'espérance trompée
« Et l'amour méconnu savent rire à la mort :
« Sans espoir, sans amour, un soldat est plus fort ! ! — »

IX.

Chacun l'interrogeait..... Soudain les clairons sonnent
Et comme un ouragan les chants guerriers qui tonnent
Criaient à tous soldats : « Frères, il faut partir ! »
Sous un joug oppresseur Montebello martyr
Les appelait pour vaincre, et, sombres et rapides,
Des fantômes passaient sur leurs chevaux numides.
Et Gaston s'élançant : — « Mariani, salut !
« Dit-il. Je vole au feu ! — » — « Nous suivons même but !... — »
Dit Luizi, puis Leo. — Luizi tremblant encore
Ajoute : — « Mon amour est mort dès son aurore !
« Maria n'eut pas d'âme. Aimons la liberté !
« Soyons libre et vainqueur, car je fus insulté !...
« Ces temps passés l'Autriche ensanglantait nos heures
« Et les tyrans rôdaient autour de nos demeures
« Pour voler nos amours, nos biens ou nos honneurs...
« Au front de Maria je voyais des rougeurs

« Quand je l'accompagnais à l'église, à la rue ;
« Un Croate amoureux partout guettait sa vue.
« Cette fille l'aimait ! Je vois tout aujourd'hui !
« Lui, déguisé, l'a prise et moi j'irai vers lui,
« Sur le champ du combat si les voleurs y viennent
« Crier en le frappant : Les frères se souviennent !
« Mon poignard dans ton cœur dis-lui que nous l'aimons.....
« Retourne à notre sœur, la fille aux cheveux blonds,
« Au sang autrichien puisque elle aime un Croate
« Et, tirant de ton sein mon poignard écarlate,
« Dis-lui mourant : Luizi t'offre ce souvenir !......

. . . .

« .... Noble père ! debout pour armer et bénir ! — »
— « Oui ! — » dit le père ; un pleur roulait dans son œil pâle.
Il fait signe, on le suit ; sa main patriarcale
Les guide jusqu'au seuil de la salle aux aïeux ;
Le sanctuaire s'ouvre : au feu silencieux
D'une lampe veilleuse, on voyait des armures.
Leurs échos visités vibrent de longs murmures.
Le vieillard solennel décroche un glaive nu :
— « Ce fer est pour l'aîné : mon père l'a tenu ! — »
Prenant une autre épée, il dit au second frère :
— « Mon glaive à toi, Luizi ! Sers-t'en comme ton père. — »

X

C'est l'instant des adieux ; l'accolade pour tous.
— « Gaston, dit Speranza, mon frère, embrassons-nous !
« Suis-je pas votre sœur ? Ma mère est l'Italie
« Et vous l'allez venger ! — » Et son front blanc se plie

Aux lèvres du Français. — Puis le vieillard leur dit :
— « Aux bords du lac Majeur où ma villa fleurit,
« Las ou morts, mais vainqueurs, qu'un jour prochain vous mène !
« Sforza, moi, votre sœur, irons vers mon domaine
« Vous attendre et prier en récoltant nos fleurs ! — »
Ils partirent au bruit des tambours et des pleurs.

XI

Aux soldats, aux canons, fraternelles cohortes,
La gare de cristal ouvrait ses larges portes ;
Homme, airain et coursiers remplissaient l'air de voix ;
Les bras traînaient le fer qui pesait sur le bois ;
Tout se creuse une place et le wagon s'encombre
Et le fer du railway tressaille sous le nombre.
Un lourd géant sifflait dans un nuage bleu :
C'est la locomotive aux flancs chargés de feu ;
Ses entrailles d'airain sillonnent la fournaise ;
La vapeur s'y condense au souffle de la braise,
Puis devient un Hercule au pied multiple et rond.
Le monstre à main de fer prend les wagons au front,
Le sifflet aigu crie et le convoi s'envole.

XII

Au bruit de la vapeur, au bruit de la parole,
Trois soldats voyageurs pensaient à l'avenir,
Parfois quittaient l'espoir pour parler souvenir :
C'étaient Luizi, Leo, Gaston. . . . .

. . . . Mais le temps passe
Et le convoi rapide a franchi son espace.
Alexandrie ouvrit aux uns ses larges forts,
Le reste dans Voghère amena des renforts.
Près des champs de Voghère où la ligne se groupe,
Du vaillant chef Forey Gaston rejoint la troupe.
Les deux Mariani volent ensemble au camp
Des lanciers novarais, postés plus à l'avant;
Veillant pour endormir ses guerrières attentes,
Plus d'un bersaglière errait autour des tentes,
La veille laboureurs ou nobles délicats,
Tous, pour la Liberté, s'étaient levés soldats.

XIII.

Montebello dormait sur la hauteur voisine.
Son clocher, comme un cèdre au milieu de ruines,
Dans le bourg inégal rappellait le passé
Et la France à sa pierre avait un nom tracé.

XIV.

Mai saluait les champs de sa vingtième aurore...

. . . .

Un boulet a passé comme un éclair sonore,
Trouant l'abri de toile où dorment les lanciers;
Le camp se lève au cri d'éveil de ses coursiers
Qui devinent le pas des cavales croates....
L'oiseau des mers ainsi chantant sur les frégates

Avertit le marin du pas des ouragans...
La trompette d'alarme a passé dans les rangs.
Cependant le chemin qui, venu de Voghère,
Coupant Montebello, va jeter sa poussière
Aux pieds de Stradella, fuit au coteau désert,
Reflétant seulement l'ombre du mûrier vert
Où semblent s'agiter les brises matinales.
Un trompette jetait ses notes gutturales
Quand un second boulet brise son frêle airain ;
L'homme tombe, un cri part... et le coteau prochain
Répond à cette plainte en se couvrant de têtes,
Et la mort en descend.
Prompts comme des tempêtes,
Les lanciers ont gravi les coteaux menaçants ;
Or, contre quinze mille... eux ils étaient... six cents.
La poudre du chemin devenait plus sanglante.
La troupe des six cents, intrépide et mourante,
Opposait son martyre à l'orage agresseur.
D'un nouveau Thermopyle, immortel défenseur,
Là, Morelli mourut devant l'escadron sarde.
Les deux Mariani, lancés dans l'avant-garde
Aux lueurs des canons, attaquent des Madgyars
Et toujours l'homme tombe où tombent leurs poignards.
Un Madgyar gigantesque insultait leur bravoure,
Leo vole sur lui... mais l'ennemi l'entoure
D'un cercle menaçant... Leo penche au tombeau,
Quand un glaive sauveur, brillant comme un flambeau
Qui sauve le marin des écueils de la rive,
Vient fondre sur le cercle. Une clameur plaintive
Naît autour de Leo... lui se lève vivant :

Son sauveur est là, seul... mais le sol est sanglant...
— « Frère, lui dit Leo, merci pour mon vieux père ! — »
Et le soldat : — « Sait-on les hasards de la guerre ?
« Ton bras un autre jour peut me prendre à la mort ! — »
Leo charmé regarde et son cœur bat plus fort,
Car le soldat qui parle a des lèvres de fille
Et la voix d'une femme ; en son regard qui brille
On lit des mots guerriers et l'on songe d'amour.

On se bat..... et Leo veut défendre à son tour
Ce sauveur qui lui jette au cœur un trouble étrange ;
Il voyait un soldat, mais il rêvait un ange.

. . . .
. . . .
. . . .
. . . .
. . . .
. . . .
. . . .
. . . .
. . . .
. . . .
. . . .
. . . .
. . . .
. . . .
. . . .
. . . .
. . . .
. . . .
. . . .

IMPRIMERIE BÉNARD ET Ce, PLACE DU CAIRE, 2.

La fin du Chant premier et le Chant second à la deuxième Livraison.

www.ingramcontent.com/pod-product-compliance
Ingram Content Group UK Ltd.
Pitfield, Milton Keynes, MK11 3LW, UK
UKHW021206230726
13926UKWH00001B/346